Gerbrand Fenijn

Gefährlicher Plan

Gerbrand Fenijn

Gefährlicher Plan

Christliche Schriftenverbreitung
An der Schloßfabrik 30
42499 Hückeswagen

Die holländische Originalausgabe erschien unter dem Titel „Verrassing uit het oerwoud" bei Stichting Uit het Woord der Waarheid

1. Auflage 2021

Umschlaggestaltung: ideegrafik, Jürgen Benner
Satz und Layout: Christliche Schriftenverbreitung
Übersetzung: Sigrid Minrath
Illustrationen: Willem de Vink
Druck: Arka-Druck, Cieszyn

ISBN 978-3-89287-895-7

www.csv-verlag.de

Inhalt

1. Eine merkwürdige Nacht

Mitten in der Nacht wachten Roger und Ben zur gleichen Zeit auf. Was war denn das für eine Unruhe auf dem Flur? Ungewohnte Geräusche ließen sie aufhorchen.

Ben öffnete die Tür einen Spalt breit und spähte um die Ecke.

„Was siehst du?", fragte Roger ungeduldig.

„Ich sehe Jonas aus der Druckerei und Herrn Morley, den Piloten."

„Was treiben die denn da?"

„Sie tragen jede Menge Sachen hin und her und durchsuchen das Lager. Sieht so aus, als ob sie ganz schnell abhauen müssen."

„He, Jungs! Ihr macht sofort das Licht aus und geht wieder ins Bett!", rief Jonas, der Ben im Türspalt entdeckt hatte. Vor Schreck zuckte Ben zusammen.

„Mit wem sprichst du?", fragte Herr Morley von hinten aus dem Flur.

„Mit Ben und Roger", antwortete Jonas. „Ich habe ihnen gesagt, dass sie schnell wieder ins Bett gehen sollen. Sie müssen erst in sechs Stunden aufstehen."

„Aber wenn sie ohnehin wach sind, können sie uns helfen", brummte Herr Morley. „Da müssen noch eine Menge Sachen zum Auto gebracht werden. Sollen sie uns doch helfen! Umso früher können wir uns auf den Weg machen."

In Windeseile zogen Ben und Roger sich an und suchten schnell die Sachen zusammen, die Herr Morley auf einen Zettel gekritzelt hatte: ein paar Taschenlampen, eine Packung Batterien, ein Walkie-Talkie, Rucksäcke, Verbandszeug ... Zehn Minuten später hatten sie alles ordentlich im Auto verstaut.

„Vielen Dank für eure Hilfe, Jungs!", sagte Herr Morley, als er sich ans Steuer des Autos setzte. „Jetzt aber schnell wieder ins Bett mit euch, sonst versohlt Schwester Danielle mir nächste Woche den Hintern."

Bei der Vorstellung mussten die Jungen lachen, denn Schwester Danielle war eine kleine schmächtige Frau und Herr Morley war ein richtiger Riese.

„Wohin fahren Sie denn jetzt eigentlich? In die Stadt?", versuchte Roger herauszufinden; er war neugierig geworden.

Herr Morley schüttelte den Kopf und sagte: „Wir haben erfahren, dass Gruppen feindlicher Soldaten den Fluss an verschiedenen Stellen überquert haben. Nun müssen wir Hals über Kopf zur Missionsstation Pella. Da halten sich zwei Christinnen mit vierzig Kindern auf, die noch nicht einmal sechs Jahre alt sind. Wir müssen sie so schnell wie möglich von hier aus über die Grenze nach Thailand bringen. Und weil ich der Einzige bin, der den Weg von Laos nach Thailand durch den Urwald kennt, führe ich die Gruppe an."

„Auf dem Weg kenne ich mich auch ein bisschen aus", sagte Roger aufgeregt. „Ich habe ein Jahr in Pella gewohnt. Können Ben und ich nicht mitgehen und helfen? Wir haben keine Angst!"

„Ja, wir trauen uns wirklich", nickte Ben heftig. „Wir sind schon zwölf."

„Das sind zwei tüchtige Jungs", sagte Jonas nachdenklich. „Sie könnten uns unterwegs tatsächlich eine große Hilfe sein."

„Kommt nicht in Frage!", unterbrach Herr Morley ihn. „Der Weg nach Pella ist viel zu gefährlich. Wir müssen am Pfauenhügel vorbei und da wurden schon letzte Woche feindliche Patrouillen gesehen."

Roger ließ nicht locker: „Aber wir haben wirklich überhaupt keine Angst."

„Ob ihr euch traut oder nicht, spielt keine Rolle. Wir fahren ohne euch und müssen jetzt auch sofort los. Also nochmals vielen Dank, Jungs, und bis bald."

Herr Morley zog die Autotür zu und der Wagen raste vom Gelände der Missionsstation.

„Wie schade!", seufzte Roger. „Ich wäre so gerne mitgefahren."

„Und ich erst!", seufzte Ben noch lauter. „Aber Herr Morley hat wahrscheinlich recht: Es ist eine sehr gefährliche Strecke. Und er will natürlich nicht, dass uns etwas passiert."

Widerwillig zogen sich die Jungen aus. Sie hatten überhaupt keine Lust, sich wieder hinzulegen, um zu schlafen. Die ganze Zeit mussten sie an die beiden Männern im Auto denken und natürlich auch an die Mitarbeiterinnen und Kinder in Pella, der einsam gelegenen Missionsstation am Rande des Urwaldes.

„So ein Mist, dass Herr Morley es uns nicht erlaubt hat", schmollte Roger immer noch. „Wir hätten ihnen doch so gut helfen können."

„Ja, das wird ihm noch ganz schön leidtun, dass er uns hier hat sitzen lassen", pflichtete Ben ihm bei.

„Aber ..., aber vielleicht können wir ja doch helfen!", meinte Roger plötzlich.

„Willst du etwa versuchen das Auto einzuholen?"

„Das natürlich nicht, aber ich kenne einen Schleichweg, auf dem man zu Fuß nach Pella kommt."

„Zu Fuß ganz bis nach Pella?"

„Ja, ganz bis nach Pella. Ich bin schon oft auf diesem Weg zur Stadt gegangen."

„Wie weit ist das?"

„So etwa zehn bis zwölf Kilometer."

„Wirklich nicht weiter?"

„Eher weniger. Erstens müssen wir nicht am Pfauenhügel

vorbei und zweitens lassen wir auch den Sumpf am Wasserloch links liegen."

„Traust du dich?"

„Und du?"

„Hm, tja, ich hoffe nur, dass uns keine feindlichen Soldaten über den Weg laufen ..."

„Wir müssen einfach ganz besonders vorsichtig sein."

„Aber Herr Morley wird vielleicht total wütend sein, wenn er sieht, dass wir ihm gefolgt sind."

„Ach, wenn er sieht, dass wir sicher angekommen sind, wird er uns schon nicht wieder wegschicken. Wer weiß, vielleicht wird er ganz froh sein über zwei zusätzliche Helfer."

„Sollen wir es wirklich wagen?"

„Wir versuchen es einfach."

So schnell sie konnten, zogen sie sich wieder an. Dann packten sie ein paar Sachen zusammen, die sie unterwegs gut würden gebrauchen können. Schnell kritzelte Roger ein paar Zeilen für Schwester Danielle auf ein Stück Papier, in denen er versprach, dass sie sehr vorsichtig sein würden. Um Erlaubnis konnten sie die Mitar-

beiterinnen ja leider nicht bitten, denn sie war für einige Tage verreist. Wie schade!

Sobald das Briefchen auf dem Schreibtisch im Büro lag, rannten die beiden Jungen nach draußen, wo sie sich zu ihrer langen, einsamen Reise aufmachten.

2. Eile ist nötig!

Was für ein Glück, dass Roger den Weg nach Pella so gut kannte! Über schmale Waldwege, kleine Bäche und weitläufige Ackerflächen brachte er seinen Freund sicher zur Missionsstation.

Feindlichen Soldaten waren sie nicht begegnet und wilde Tiere waren ihnen auch nicht über den Weg gelaufen. Fast könnte man glauben, sie hätten aus lauter Vergnügen eine schöne lange Wanderung gemacht.

Groß und glänzend ging die Sonne über den Bergen auf und die frische Morgenluft belebte die beiden Freunde. Fast hätte man diesen Bürgerkrieg hier in Laos mit seinen vielen Gefahren vergessen können.

„Dort hinter den vielen Papajabäumen liegt Pella", wusste Roger. „Nur noch fünf Minuten, dann sind wir da."

„Hoffentlich ist Herr Morley noch nicht mit den Mitarbeiterinnen und den Kindern losgezogen", murmelte Ben.

„Das hoffe ich auch", seufzte Roger. „Wenn sie schon weg sind, war unsere ganze Lauferei umsonst."

Voller Ungeduld rannten die beiden Jungen los.

Roger, der am schnellsten war, erreichte als Erster einen hohen Hügel, von dem man einen guten Ausblick auf Pella hatte.

„Sind sie noch da?" Außer Atem war Ben jetzt auch oben angekommen.

„Nein", antwortete Roger enttäuscht. „Da ist kein Mensch mehr zu sehen."

„Wirklich nicht? Sie sind tatsächlich schon weg?"

„Wenn du mir nicht glaubst: Sieh' doch selbst!"

Mit einer Hand schützte Ben seine Augen vor der Son-

ne und suchte dann angestrengt die Umgebung ab.

Ja, wirklich: Roger hatte recht. Auf dem gesamten Gelände war es totenstill. Was für eine Enttäuschung! Ohne ein Wort zu sagen, gingen die Freunde den Weg entlang nach unten. Sorgfältig sahen sie sich um, aber nirgendwo war ein Mensch zu entdecken. Die einzigen Lebewesen in Pella waren die Waldvögel, die sich unter den Bäumen um ein paar Samen stritten.

Roger konnte es noch immer nicht fassen. In der ganzen Siedlung sah er sich um: in der kleinen Krankenstation, in der Schule, in der Kapelle. Doch überall bot sich ihm das gleiche Bild: Stille und Leere. Es war deutlich zu erkennen, dass alles in großer Eile verlassen worden war.

Ben hatte es sich inzwischen in einem Liegestuhl auf der Veranda bei der Küche gemütlich gemacht. Gierig verschlang er das Obst, das er dort in einem Korb gefunden hatte.

„Du siehst doch, dass wir zu spät gekommen sind", sagte er, als er Rogers Enttäuschung sah. „Setz' dich und iss, soviel du kannst. Alles, was übrig bleibt, nimmt sich sonst der Feind."

Roger setzte sich auf den Rand der Balustrade und kaute gedankenverloren an einer Mango herum.

„Findest du es denn nun wirklich so schlimm, dass wir es nicht geschafft haben?", fragte Ben nach einer Weile, als sein Freund immer noch so niedergeschlagen aussah. „Herr Morley und Jonas kriegen das ganz bestimmt gut hin, die Gruppe sicher über die Grenze nach Thailand zu bringen. Auch ohne unsere Hilfe."

„Das weiß ich selbst", meckerte Roger. „Aber ich hätte so gerne selbst mit angepackt!"

„Weil du hier früher eine Zeitlang gewohnt hast, oder?"

„Deswegen auch, aber eigentlich wollte ich noch aus einem ganz anderen Grund helfen."

„Warum denn?"

„Tja, also ..., das habe ich noch nie jemandem erzählt, aber ich ..."

„Nun erzähl' schon!"

„Gut, ich erzähl' dir, was dahinter steckt. Ich habe hier eigentlich noch etwas gutzumachen. Vor vier Jahren ging es nicht mehr; ich musste Pella leider von heute auf morgen verlassen."

„Hattest du etwas ausgefressen?"

„Ja, leider. Wenn du alles wüsstest ..."

„So schlimm?"

„Allerdings! Ich habe mich völlig unmöglich benommen. Und es war ausgerechnet immer wieder meine eigene Leiterin, Schwester Selma, die dran glauben musste. Von morgens bis abends habe ich sie geärgert."

„Hat sie sich denn nicht gut genug um dich gekümmert?"

„Nicht gut genug um mich gekümmert? Wie eine Mutter war sie zu mir! Na gut, ab und zu meckerte sie schon mal, denn sie war ziemlich pingelig. Wenn ich mal wieder völlig verdreckt nach Hause kam oder mein Hemd zerrissen war, dann bekam ich natürlich was von ihr zu hören. Na, und das passte mir natürlich gar nicht. Also hat sich der liebe Roger auf ganz alberne Art und Weise gerächt. Ich habe Sachen, die ihr gehörten, versteckt, habe sie nachts aus dem Schlaf gerissen, Obst aus der Küche geklaut. Wenn ich daran denke, schäme ich mich jetzt noch, denn Schwester Selma hatte es ganz schön schwer mit den vielen stressigen Kindern. Außerdem konnte sie das Klima hier nicht so gut vertragen. Aber sie wollte ihr Versprechen unserem Herrn gegenüber halten. Nur deswegen ging sie nicht in ihre Heimat, die Schweiz, zurück. Wenn ich ihr doch nur geholfen hätte, statt sie ständig zu ärgern! Aber ich war ein dummer, verwöhnter Junge. Zu Hause bei meinen Eltern hatte ich es viel besser gehabt. Ich konnte es überhaupt nicht leiden, dass ich als Waisenkind mit all den Kindern aus dem Urwald zur Schule gehen musste. Darum dachte ich mir jeden Tag eine neue Gemeinheit aus.

Aber es war ja klar, dass dies irgendwann ein böses Ende nehmen musste. Eines Tages also, als ich es mal wieder viel zu bunt getrieben hatte, nahm Bruder Chung mich in seinem Auto mit. Ohne ein einziges Wort zu verlieren, brachte er mich in die Stadt, wo ich dann ins Internat verbannt wurde.

Mensch, Ben, das war vielleicht eine Veränderung! Erst in dem düsteren Kasten wurde mir klar, wie gut ich es in Pella gehabt hatte. Ich wollte unbedingt zurück zu Schwester Selma, zurück zu der guten Zeit in der Missionsstation. Aber es war zu spät. Mein Flehen und Jammern half nicht: Man hörte mir noch nicht einmal zu. War ja auch klar, denn ich hatte es selbst so weit kommen lassen. Wenn ich in dem scheußlichen Gebäude meine Hausaufgaben machte, oder wenn ich abends im Bett lag, musste ich immer wieder an Schwester Selma denken, die sich so wunderbar um mich gekümmert und die mir so viel beigebracht hatte.

Mir wurde so richtig klar, wie schlimm ich es vermasselt hatte. Ich fühlte mich mies. Dazu fiel mir ein, was uns Schwester Selma aus der Bibel erzählt hatte. Dass jede Gemeinheit auch eine Schuld Gott gegenüber ist. Und dass Gott Sünde nicht durchgehen lassen kann. Was sollte ich bloß tun?

Aber dann fiel mir ein: Schwester Selma hatte ja noch mehr gesagt: ‚Ihr braucht keine Angst zu haben! Wenn ihr mit euren Sünden zum Herrn Jesus geht, dann hilft er euch. Er ist der Sohn Gottes. Und er hat die Strafe an eurer Stelle getragen. Wenn ihr ihm sagt, was ihr falsch gemacht habt, dann vergibt er euch!' Das habe ich dann gemacht und danach wurde ich so froh! Ich wusste, der Herr Jesus hat mir meine Gemeinheiten vergeben. Aber Schwester Selma? Würde sie mir auch verzeihen? Nichts wünschte ich mir mehr, als dass es irgendetwas geben könnte, womit ich das alles wieder gutmachen könnte. Ich wollte sie so gerne um Entschuldigung für mein unmögliches Verhalten bitten."

„Jetzt verstehe ich, warum du unbedingt mit Herrn Morley gehen wolltest", sagte Ben.

Roger nickte lange und nachdenklich.

„Aber in den vergangenen Monaten warst du doch hier in der Missionsstation von der Mitarbeiterin Danielle. Da hättest du doch schon längst mal nach Pella gehen können, um die Sache zu erledigen."

„Ach, das hätte ich auch so gerne getan, aber ich hatte einfach große Angst, dass Schwester Selma mich wieder wegschicken würde, dass sie mich nicht einmal anhören würde."

„Jetzt hättest du die Chance gehabt, Schwester Selma zu zeigen, wie leid es dir tut und nun haben wir es nicht rechtzeitig geschafft", murmelte Ben. „Wären wir doch nur ein paar Stunden früher losgezogen!"

„Jetzt ist es einfach zu spät. Wir können nichts mehr daran ändern", sagte Roger düster.

„Können wir denn nicht einfach versuchen, die Gruppe einzuholen?"

„Das ist völlig unmöglich. Es gibt ja unzählige Wege zur Grenze. Oder weißt du etwa, welchen Weg sie eingeschlagen haben?"

„Dann müssen wir also zum Missionshaus zurückgehen."

„Den ganzen Weg noch einmal zu Fuß gehen?"

„Ja, hast du vielleicht eine bessere Idee?"

„Wir sollten versuchen, auch über die Grenze zu kommen. Und dann müssten wir Schwester Danielle eine Nachricht schicken, damit sie weiß, dass wir gut angekommen sind. Denn in ein paar Tagen müssen bestimmt ohnehin alle von hier fliehen, ob sie wollen oder nicht. – Dieser schreckliche Krieg! Ob wir jemals in Frieden leben dürfen?", fragte Roger bedrückt.

„Ich weiß es nicht", erwiderte Ben. „Deinen Plan finde ich jedenfalls gut. Aber wir kennen den Weg zur Grenze nicht, oder?"

„Spielt keine Rolle! Ich habe da eine Idee ..."

3. Ein gefährlicher Plan

„Jetzt sag' schon endlich, wie dein Plan aussehen soll", sagte Ben ungeduldig, denn Roger biss nachdenklich in ein großes Stück Melone.

„Jetzt warte erst mal ab", beschwichtigte Roger ihn. „Mit vollem Mund kann ich nicht sprechen."

„Dann mach' mich gefälligst nicht so neugierig", brummte Ben.

Als Roger das Stück Melone verspeist hatte, wischte er seinen Mund mit einem sauberen Tuch aus dem Wäscheschrank ab und winkte Ben zu sich.

„Sagst du mir jetzt noch immer nicht, was du dir ausgedacht hast?", fragte Ben, der mittlerweile ärgerlich geworden war.

„Wir müssen erst mal nachsehen, ob es überhaupt möglich ist. Vorher brauchen wir gar nicht darüber zu sprechen."

Roger führte Ben in das kleine Dorf, das ganz in der Nähe von Pella am Fluss lag. Auch hier war es totenstill. Alle Menschen waren geflohen. Vielleicht hatten sie sich Herrn Morley am Morgen angeschlossen. Nur Hühner, Schweine und Enten liefen noch überall herum.

Kurz hinter dem Dorf gab es in dem Fluss eine kleine Bucht, in der ein paar Bötchen festgemacht hatten. Dieser kleine Hafen war zugewachsen mit wildem Bambus, so dass er vom Fluss aus nicht einzusehen war.

Als Roger die Boote entdeckt hatte, ließ er sich zufrieden auf einen Felsblock nieder. „Das ist super", sagte er.

Ben fragte: „Also hat dein Plan etwas mit den Booten zu tun?"

„Richtig! Ist doch klar, dass wir die Grenze nicht durch

den Wald erreichen können. Deswegen gibt es für uns nur eine einzige Lösung: das Wasser. Wir müssen versuchen, Thailand über den Fluss zu erreichen."

„Das ist keine schlechte Idee", meinte Ben. „Wie heißt denn eigentlich die Missionsstation in Thailand, wohin Herr Morley mit der Gruppe unterwegs ist?"

„Tirhana. Als ich noch in Pella wohnte, hat mich ein Mann aus dem Dorf zweimal über den Fluss mit nach Tirhana genommen."

„Wie lange ist man dahin unterwegs?"

„Wenn man durchfährt, dann braucht man einen Tag. Aber das werden wir nicht schaffen."

„Und warum nicht?"

„Überleg doch mal! Der Feind befindet sich auf der linken Seite des Ufers. Wir können also nur in der Dunkelheit und nur auf der sicheren Seite fahren."

„Aber wie sollen wir uns denn im Dunkeln zurechtfinden?"

„Wir lassen uns mit der Strömung treiben und versuchen im Schutz der großen Bäume zu bleiben. Der Mond steht genau richtig."

„Na, dann hoffe ich mal, dass wir uns auf deine Berechnungen verlassen können."

Roger sah seinen Freund nachdenklich an. „Meinst du, dass wir Gott um Hilfe für unseren Plan bitten können?"

„Ja, glaube schon."

„Ich meine, weil wir niemand um Erlaubnis gefragt haben, ob wir uns auf den Weg machen können."

„Es ist niemand da, den wir fragen können", erwiderte Ben beruhigend.

Die beiden Jungen knieten am Ufer nieder, so wie sie es

bei Schwester Danielle gelernt hatten. „Bitte, Gott, behüte uns auf dem Weg. Schütze und vor allen Gefahren. Hilf uns, dass wir Herrn Morley und Schwester Selma und die anderen finden. Bitte gib doch, dass wir alle unversehrt in Tirhana ankommen. Amen."

„Jetzt ist mir wohler", sagte Ben.

„Mir auch", gab Roger zu."

„Und immerhin bist du die Strecke ja schon zweimal gefahren."

„Ja, aber besonders gut kenne ich den Weg natürlich nicht. Erst recht nicht in der Nacht, aber wenn wir uns mit der Strömung treiben lassen, müssen wir eigentlich ganz von selbst bei Tirhana ankommen. Das kann man gar nicht verfehlen."

„Und welches Boot willst du nehmen?"

„Das lange da vorne, das mit dem runden Bug. Das ist die Perle vom Kaufmann Chung, ein ziemlich solider Kahn."

„Na, dann hoffe ich, dass der gute Herr Chung nicht irgendwo auf der Lauer liegt und deine Pläne über den Haufen wirft."

„Ach, es scheint doch niemand mehr im Dorf zu sein; an normalen Tagen wimmelt es hier von Menschen."

„Also, ich finde es schade, dass wir erst heute Abend ablegen können", quengelte Ben. „Am liebsten würde ich jetzt auf der Stelle losfahren."

„Ja, das Warten spannt uns ganz schön auf die Folter", musste Roger zugeben. „Lass uns lieber ein Versteck suchen. Man weiß ja nie! Es könnten Soldaten kommen."

„Ja, das machen wir; ich hole nur noch schnell meinen Rucksack. Den habe ich in Pella liegen lassen."

Die Jungen kehrten zur Missionsstation zurück und

schlugen sich dort noch einmal den Bauch mit dem übrig gebliebenen Essen voll. Leider war der Strom ausgefallen, so dass die Häppchen aus dem Kühlschrank nicht mehr so gut schmeckten. Als sie schon mehr als satt waren, schnappte sich Roger seinen Rucksack und stopfte noch ein paar Dinge hinein, die er nach Tirhana mitnehmen wollte: einen Fotoapparat, ein Fernglas, zwei Verbandskästen, eine Gitarre ... Offensichtlich hatte die Gruppe das Dorf so schnell verlassen, dass sie viele wertvolle Dinge nicht mitnehmen konnte. Auch Ben packte einige Dinge zusammen, die er für nützlich hielt.

Nachdem die beiden Freunde ihre wertvollen Sachen in der Perle verstaut hatten, bedeckten sie alles mit einer Schicht aus Bananenblättern. So, das hatten sie jetzt wenigstens gut untergebracht. Dann gingen sie zurück, um zu sehen, ob sie noch mehr brauchbare Dinge finden würden.

Ben musste grinsen. „Das sieht aus, als ob wir einen großen Umzug organisieren." Staunend betrachtete er die vielen Sachen, die Roger voller Eifer in das Büro von Schwester Selma geschleppt hatte. Das alles wollte er auch noch zum Boot bringen.

„Kein Problem – das klappt locker", schnaufte Roger.

„Hoffentlich nimmst du nicht so viel mit, dass unser Boot unterwegs sinkt!"

„Keine Angst, das habe ich gut im Griff", beruhigte Roger seinen Freund.

„Benny", sagte er nach einer kurzen Pause. „Ich wollte doch so gerne irgendetwas tun, um mein fieses Benehmen bei Schwester Selma wieder gutzumachen. Und nun kann ich, wenn alles klappt, in Tirhana ihr komplettes Zimmer wieder einrichten. Sieh mal: ihre Schreibmaschine, ihr Ventilator, ihr Bügeleisen, ihre Bücher, ihre Landkarte ... Ihre ganzen Sachen nehme ich mit."

„Das ist eine sehr gute Idee", sagte Ben überrascht. „Also, wenn sie das alles sieht, fällt sie dir bestimmt um den Hals."

„Darauf kannst du wetten!" Roger schmunzelte. In Gedanken stellte er sich schon Selmas Gesicht vor, das sie beim Anblick des ehemals so aufsässigen, nichtsnutzigen Rogers machen würde, wenn er ganz brav mit ihren persönlichen Sachen ankäme. Was für eine schöne Vorstellung, dass er sie dermaßen überraschen könnte!

Und tatsächlich: Alles passte noch in die Perle. Es war sogar noch Platz für mehr und so liefen die Jungen noch einmal keuchend den Hügel hinauf, um die Dinge zusammenzusuchen, die irgendeinen Wert hatten. Und auch jetzt fanden sie immer noch etwas, das sich mitzunehmen lohnte: Pinzetten, Scheren, Kartons mit Kerzen, Nähzeug, Tinte und vieles mehr.

Als Roger und Ben sich schon zum vierten Mal auf den Weg zu dem kleinen Hafen machten, entdeckte Roger einen kleinen Handkoffer, der zwischen den blühenden Blumen stand. Auch er war am Morgen einfach von irgendjemandem in der Eile vergessen worden.

Neugierig und gespannt ließ Roger die Schlösser aufspringen, um einen Blick auf den Inhalt zu werfen.

Nein, er konnte seinen Augen kaum trauen! In dem Köfferchen lagen alle Briefe, Tagebücher, Fotos und Papiere von Schwester Selma. Alles, was ihr etwas bedeutet hatte, befand sich in diesem kleinen Koffer. Nun hatte Roger erst recht die Gelegenheit, etwas gutzumachen. Ihm war klar, dass Selma vor lauter Rührung in Tränen ausbrechen würde, wenn sie ihren Koffer zurückbekäme.

Für Roger war es ein so großes Bedürfnis, ihr den Koffer zurückzugeben, dass ihm erst jetzt bewusst wurde, dass noch eine sehr lange Fahrt voller Gefahren vor ihm lag, bevor er die wertvolle Beute an Land würde bringen können. Unterwegs lauerten noch viele Gefahren und vieles konnte noch schiefgehen. Nein, er sollte sich mal lieber nicht zu früh freuen. Während die Jungen schnaufend über den kleinen Weg zum Bootssteg liefen, betete Roger still für sich, dass es ihm doch gelingen möge, Schwester Selma überraschen zu können. Sollte sein Plan gelingen, wäre er so dankbar. Froh dachte er daran, dass Gott sein mieses Verhalten völlig vergeben hatte! Wie schön wäre es, wenn auch zwischen Schwester Selma und ihm alles in Ordnung käme!

„Sieh mal, was liegt denn da auf den Bananenblättern?“, rief Ben, der gerade in das Boot springen wollte. „Was ist das? Ein weißes Tuch, unter dem sich etwas bewegt.“

„Pssst“, flüsterte Roger erschrocken. „Wenn Feinde in der Nähe uns hören, haben wir sie gleich am Hals.“

Er lief auf Ben zu und starrte in das Boot. Ja, da lag tatsächlich etwas Merkwürdiges auf den Blättern, mit denen sie ihre Ladung bedeckt hatten: ein kleines weißes Bündel, das zur Hälfte aus einem Tuch hervorragte.

„Was ist denn das?“, fragte Roger beunruhigt. „Ich sehe doch auch, dass es sich bewegt. Was soll das denn bedeuten?“

4. Ein kleiner Passagier

Ben und Roger legten sich am Anleger auf den Bauch und starrten mit angehaltenem Atem auf das kleine weiße Bündel, das auf den Bananenblättern lag.

„Was ist denn das?", fragte Ben.

„Ich habe keine Ahnung", sagte Roger hilflos. Ben riss einen langen Zweig ab und schob damit geschickt einen Zipfel des Tuches zur Seite. Im gleichen Augenblick sahen sich die Jungen entgeistert an.

„Ein ... ein ... ein Baby", stammelte Ben.

„Ein ... ein ... ein Baby", stotterte Roger mit aufgerissenen Augen.

Auf ihrer kostbaren Ladung lag tatsächlich ein Baby.

„Wie kommt denn dieser Knirps hierher?", fragte Roger, während er an Bord ging. „Was sollen wir denn bloß mit einem Baby anfangen?"

„Der arme kleine Kerl", meinte Ben mitleidig. „Stell dir vor, wenn wir ihn nicht gefunden hätten. Er würde sterben, ganz allein! Wer tut nur so etwas, einfach ein Baby in ein fremdes Boot legen?"

„Dazu muss man schon völlig verzweifelt sein. Das ist ja unglaublich!"

Ben sah sich um. „Vielleicht ist hier jemand in der Nähe und guckt, was mit dem Kind passiert. Weißt du, so bei wie bei dem kleinen Mose im Nil, der von seiner Schwester Miriam beobachtet wurde.

Die beiden Jungen horchten aufmerksam. Doch kein Schritt, kein Rascheln war im Unterholz zu hören.

„Sieh dir das mal an", meinte Ben plötzlich. „An dem Tuch ist ein Brief befestigt. Lies doch mal vor!"

Liebe Schwester Selma,

Sie und Ihre Helfer verlassen nun diese Station. Ich owehe Sie an: Bitte nehmen Sie meinen kleinen Arthur mit. Mein Mann beovndet sich in Singapur und ich bin krank. Ich kann für den Kleinen nicht sorgen. Deswegen habe ich ihn in Ihr Boot gelegt. Sobald es mir besser geht, komme ich nach Tirhana und dann kümmere ich mich wieder um meinen Sohn; das verspreche ich. Ich bete zu Gott, dass er Sie sicher über die Grenze bringt. Bitte vergeben Sie mir, dass ich Ihnen mein Kind - ohne Sie zu fragen - anvertraut habe."

Es grüßt Sie
Frau Dumoulin

Ben nahm Roger den Brief aus der Hand und las ihn noch einmal. Niedergeschlagen setzte er sich. Die beiden Jungen waren todunglücklich und völlig ratlos.

„Ein Baby", seufzte Ben zum wiederholten Male. „Wahrscheinlich bringt dieser kleine Knirps unsere ganzen Pläne zum Scheitern. Wie sollen wir ihn denn versorgen?"

„Ja, mit diesem Arthur können wir uns eine Menge Probleme einhandeln", stimmte Roger zu.

„Sicher hat diese Frau Dumoulin gedacht, dass Schwester Selma auf unserem Boot mitfährt."

„Das glaube ich auch", sagte Ben. „Wahrscheinlich hat sie gesehen, wie wir die ganzen Sachen auf die Perle geschleppt haben."

„Vermutlich. Aber trotzdem verstehe ich sie nicht. Ihr Baby ins Boot legen und einfach weggehen? Damit hat sie ihn doch in höchste Gefahr gebracht!"

Ben nickte trübsinnig.

„Und was sollen wir jetzt tun?"

„Wir müssen die Mutter finden."

„Ja, wo denn? Die Mutter wird sich ganz bestimmt nicht

sehen lassen, solange wir noch nicht verschwunden sind."

„Du hast recht", meinte Roger. „Außerdem müssen wir jetzt sofort ablegen, denn die Sonne geht unter."

Mit einer tiefen Sorgenfalte zwischen den Augen starrten die Jungen das Baby noch ein Weilchen an. Schließlich traf Roger resolut eine Entscheidung.

„Es bleibt nur eine Möglichkeit, Ben. Wir müssen das Kerlchen mitnehmen. "

„Ich bin ganz deiner Meinung. Wir haben keine Wahl", sagte Ben. „Schließlich können wir den Kleinen auf keinen Fall hierlassen. Aber einfacher wird unsere Reise dadurch ganz bestimmt nicht. Beten wir, dass er möglichst lange so tief und fest schläft wie jetzt."

Die Jungen häuften noch eine zusätzliche Lage Blätter auf die Ladung und Arthur bekam einen sicheren Platz im kleinen Deckshaus am Achtersteven. Schon war es auch dunkel genug für die Abfahrt. Sie machten die Leinen los und die Perle trieb langsam am Ufer des Flusses entlang.

Die Jungen waren sehr still. Einer wusste vom anderen, dass er für eine sichere Reise betete. Ohne Gottes Hilfe und Schutz würden sie niemals in Tirhana ankommen. Schließlich war der Fluss voller verräterischer Schleifen, das Ufer war felsig und die Entfernung, die sie zu zurückzulegen hatten, war groß.

Nach wenigen Minuten glitt das Boot über den Fluss. Mit Hilfe eines langen Stocks in der Hand lenkten die beiden Jungen die Perle. Ganz gemächlich fuhren sie nun gen Westen, wo nur noch ein schwacher, heller Lichtstreifen am Horizont zu sehen war.

Schon bald darauf war es stockfinster geworden. Bis der Mond sich endlich zeigen würde, konnten die Freunde fast gar nichts sehen. Immer wieder saßen sie in Luftwurzeln oder in dicht über dem Wasser hängenden Zweigen der Bäume fest. Zum Glück gelang es ihnen immer wieder, sich schnell zu befreien, so dass sie nicht zu viel Zeit verloren.

Den ganzen Tag über waren in der Ferne Flugzeugmotoren und Explosionen zu hören gewesen, aber jetzt strahlte die Natur großen Frieden aus. Nur die Rufe der Nachtvögel und das Gebrüll der Tiere aus dem Wald unterbrachen ab und zu die Stille. Nach ungefähr einer Stunde war endlich der Mond aufgegangen. Das erleichterte den Jungen die Fahrt ganz erheblich. Die niedrig hängenden Zweige und andere Hindernisse konnten sie nun früh genug erkennen und umhertreibende Baumstämme geschickt umfahren.

Still und angespannt saßen die Jungen nebeneinander in der Perle. Zwar waren sie von der gegenüberliegenden Seite des Flusses kaum zu sehen, aber wenn sie jetzt in den Lichtstrahl eines Suchscheinwerfers gerieten, oder wenn zufällig ein Boot übersetzen sollte ...

Sie hatten auf der Flusskarte gesehen, dass es in diesem Bereich des Flusses glücklicherweise keine Stromschnellen und auch keine Wasserfälle gab. Wenigstens das blieb ihnen erspart. Schlimm genug waren ja schon die Untiefen und die Sandbänke oder Steine, die gefährlich dicht unterhalb der Wasseroberfläche lagen. An einer Stelle, an der der Fluss eine besonders starke Biegung machte, trieben sie auf so ein bedrohliches Hindernis zu. Die Perle fuhr derart fest auf, dass sie quer zum Flussverlauf stecken blieb. Mit großer Kraft stießen sich die Jungen mit ihren Stöcken vom Grund des Flusses ab, der hier besonders fest war. Dabei wandte Roger so viel Kraft auf, dass die Perle plötzlich unter ihm wegtrieb. Mit einem lauten Platschen fiel er ins Wasser.

„Gib' mir deine Hand, Roger", flüsterte Ben, der sich über den Bootsrand beugte.

„Ja, ja, ich hab' dich", flüsterte Roger zurück. „Zieh' mich hoch!"

Ausgerechnet in diesem Augenblick blitzte am gegenüberliegenden Ufer ein grelles weißes Licht auf.

5. Das war knapp

„Ein Suchscheinwerfer!", zischte Ben. Schnell zog er Roger

an Bord. Die Jungen legten sich auf die Bananenblätter. Mit laut klopfenden Herzen warteten sie auf das, was nun passieren würde.

Der Scheinwerfer glitt über das Wasser und ruhte dann auf der Perle. Nun, da das kleine Boot entdeckt worden war, riefen am linken Ufer aufgeregte Stimmen laut durcheinander und das Licht unzähliger Taschenlampen zuckte durch die Nacht. Als die Jungen sich nicht rührten, brüllte der Kommandant: „Feuer!"

Da brach ein schrecklicher Tumult los. Dutzende Kugeln flogen flach über das Boot oder verschwanden zischend im Wasser.

Die Jungen zitterten vor Angst. „Oh Herr, bitte hilf' uns!", beteten sie in ihrer Not.

In diesem Augenblick drang aus dem Steuerhäuschen am Heck ein hohes, kreischendes Geräusch: Arthur war vor Schreck aufgewacht. Lauthals protestierte er gegen diese nächtliche Störung.

Als die Soldaten das Geräusch hörten, wurden sie ganz still. Und da tat Ben etwas sehr Merkwürdiges. Mit durchdringender Stimme fiel er in das Geschrei von Arthur mit ein. Zwar wusste Roger, dass sein Freund ein heulendes Baby sehr gut imitieren konnte, nicht aber, dass er es dermaßen gut konnte ... Jeder musste denken, dass in dem Boot mindestens zwei Babys lagen. Das Geschrei der heulenden Kinder führte dazu, dass die feindlichen Soldaten die Gewehre von ihren Schultern gleiten ließen und schallend zu lachen begannen. Wieder war da so ein dummer Flüchtling mit seiner Familie zur Grenze unterwegs! Für so einen Trottel würden sie doch keine Kugeln verschwenden!

„Puh, das war aber knapp!", schnaufte Roger, als sie außer Gefahr waren.

„Gott hat uns geholfen", erwiderte Ben leise. „Danke, Gott, dass du Arthur im richtigen Moment hast schreien lassen! Und dass die Soldaten uns einfach durchgelassen haben!"

„Amen!", sagte Roger. „Übrigens auch hundert Punkte für deine Kaltblütigkeit, Ben", fügte er hinzu.

„Ich bin selbst ganz baff", antwortete Ben bescheiden.

„Wieder mal ein Zeichen, dass wir sehr gut aufpassen müssen", murmelte Roger. „Wer weiß, an wie vielen Wachtposten wir im Dunkeln schon vorbeigekommen sind."

Dieser Schreck steckte ihnen so sehr in den Knochen, dass sie das Boot vorsichtshalber noch viel näher am waldreichen Ufer entlang lenkten. Leider brachte das wieder neue Gefahren mit sich, denn als sie wegen eines falschen Manövers gegen einen weit herausragenden Ast eines Uferbaumes fuhren, fiel eine Schlange von diesem Zweig in die Perle. Schnell glitt das Tier zum hinteren Teil des Bootes, in dem Arthur schlief. Roger, der das Tier bemerkte, war einen Moment vor Schreck wie gelähmt. Ihm war klar, dass das aus dem Schlaf gestörte Tier sehr gefährlich für das Baby werden konnte.

Er schnappte sich einen langen biegsamen Stock und bewegte ihn vorsichtig auf den schuppigen Schlangenkörper zu. Er durfte nicht eine Sekunde zu früh, aber auch nicht eine Sekunde zu spät handeln. Mit angehaltenem Atem schob er die Spitze des Zweiges unter die Mitte des Körpers. Einige Augenblicke wartete er noch. Dann machte er eine blitzschnelle Bewegung und das Tier flog in hohem Bogen über Bord.

„Puh", seufzte Roger, als er hörte, wie die Schlange in

den Fluss fiel. „Das war mal wieder knapp."

„Es ist ja auch keine Vergnügungsreise", murmelte Ben, der diese Aktion angespannt verfolgt hatte, mit etwas zittriger Stimme. „Gott passt wirklich auf uns auf!"

Eine ganze Weile glitt die Perle über den ruhigen Fluss. Jetzt wollten sich die Jungen endlich mal ein bisschen von den vielen Aufregungen erholen. Aber kaum lagen sie auf den Bananenblättern, da begann Arthur wieder mit seinem Gemecker. Diese Töne konnten nicht viel Gutes bedeuten. Und dann auch das noch: Die kleinen Töne verwandelten sich immer mehr in ein lautes Geplärre. Glücklicherweise schienen in diesem Abschnitt des Flusses keine Feinde unterwegs zu sein, denn alles blieb ruhig.

„Warum schreit er denn jetzt so?", fragte Roger.

„Na, das ist doch wohl ganz klar. Der hat bestimmt einen Bärenhunger", meinte Ben.

„Das hatte ich schon befürchtet", sagte Roger. „Und was tun wir jetzt hier mitten auf dem Fluss?"

„Wenn wir nichts unternehmen, wird der gute Arthur nicht damit aufhören."

„Aber was sollen wir denn machen?"

„Ihm etwas zu essen geben."

„Hast du etwas für ihn?"

„Essen habe ich schon, aber Milch ist natürlich nicht dabei."

„Und er will natürlich nur Milch. Milch und nichts anderes."

„Könnten wir ihm nicht ausnahmsweise einmal Wasser geben? Ein paar Schlückchen?"

„Okay, probieren wir es aus. Aber dann müssen wir erst einmal eine Trinkflasche auftreiben."

Roger durchsuchte das Gepäck. „Vielleicht gibt es hier irgendwo einen Bach mit klarem Wasser."

„Weißt du was? Wir legen an und bleiben hier bis zum Abend. In einer halben Stunde wird es sowieso schon hell."

„Willst du dann den ganzen Tag über hier bleiben?"

„Das müssen wir wohl. Im Hellen zu fahren ist doch viel zu gefährlich."

Nach einer Weile fanden die Freunde einen Platz, an dem sie die Perle zwischen den Uferpflanzen gut verstecken konnten.

Auf der Suche nach einem Bach ging Ben mit einer Feldflasche an Land und Roger blieb bei Arthur, der immer noch aus Leibeskräften schrie. Erst nachdem Roger ihn eine Weile an einem Stück Zuckerrohr hatte nuckeln lassen, beruhigte er sich endlich.

Roger wartete auf die Rückkehr seines Freundes und nickte dabei vor lauter Anspannung ein bisschen ein. Es dauerte eine ganze Weile, bis Ben zurückkam. Mit einer leeren Feldflasche!

„Hast du kein Wasser gefunden?", fragte Roger erstaunt.

„Doch, das schon. Aber ..."

„Warum guckst du denn so komisch? Sind dir etwa Soldaten im Wald begegnet?"

„Nein, das nicht, aber ... ähm, was würdest du dazu sagen, wenn wir noch einen Passagier hätten, der mit uns fahren möchte. Können wir noch jemanden an Bord nehmen?"

Mit einem Mal war Roger hellwach. „Was sagst du da?", fragte er aufgebracht. „Noch jemanden mitnehmen? Das hier ist doch kein Passagierdampfer."

„Du hast ja recht, aber ..."

„Mensch, du immer mit deinem aber! Ich trau' mich schon kaum hinzusehen. Gleich kommst du noch mit einem verwundeten Tiger oder mit einem ausgestoßenen Menschenaffen an."

Ben kicherte. „Ach was, so schlimm ist es nicht! Dreh' dich ruhig mal um."

Roger stand auf und warf seinem Freund einen misstrauischen Blick zu.

„Komm' zu uns!", winkte Ben. „Sieh' mal, das ist Roger und da unter dem großen Zweig liegt die Perle."

Aus dem Wald kam ein hübsches Mädchen zum Vorschein. Sie hatte lange schwarze Haare, braune Augen und sie war ungefähr im gleichen Alter wie die Jungen.

„Rana hat sich verirrt", erklärte Ben. „Sie war mit ihren Eltern auf dem Weg zur Grenze, aber unterwegs wurden sie getrennt und Rana konnte ihre Eltern nicht wiederfinden."

Rogers Stimmung hob sich sofort. „Natürlich kann sie mit uns fahren!", rief er herzlich. „Hallo Rana, wir sorgen dafür, dass du sicher in Thailand ankommst."

„Ich bin so froh, dass ihr mich mitnehmen wollt", sagte Rana, die sich ein paar Tränen aus dem Gesicht wischte. „Ich hatte so große Angst allein im Urwald. Und ich mache mir solche Sorgen um meine Familie. Ich habe die ganze Zeit gebetet, dass mich jemand von unseren Leuten findet. Und Gott hat das Gebet erhört."

„Du bist verletzt", murmelte Roger entsetzt. „Dein Arm blutet. Ich hole schnell den Verbandskasten."

„Das mache ich gleich", stoppte Ben ihn. „Ich habe ihr schon versprochen, dass ich die Wunde verbinde."

„Mit der Wassersuche für Arthur hattest du es aber wohl nicht so eilig", bemerkte Roger etwas ärgerlich.

„Nein, das stimmt“, gab Ben zu. „Rana hat mir erklärt, dass wir Arthur kein Wasser geben dürfen. Wasser aus so einem Bach im Wald kann sehr gefährlich sein.“

„Ja, das stimmt“, bestätigte Rana. „Das Wasser kann ein Baby krank machen. Es muss zuerst abgekocht werden.“

„Du verstehst etwas davon“, sagte Roger anerkennend.

„Meine Mutter war früher Krankenschwester“, erklärte Rana. „Wo ist denn der kleine Mann? Ich will mich gerne um ihn kümmern.“

„Ich bringe dich sofort zu ihm“, sagte Roger. „Und ehrlich gesagt finden wir es großartig, wenn du dich um ihn kümmern willst. Wie du siehst, haben wir von Babys nämlich nicht so viel Ahnung.“

„Ja, wir sind wirklich froh, wenn du für Arthur sorgst“, nickte Ben begeistert.

„Prima“, sagte Rana. „Dann haben wir das ja geklärt. Ich kann ganz gut mit kleinen Kindern umgehen, weil ich drei jüngere Brüder habe.“ Bei dem Gedanken an ihre Familie kamen ihr wieder die Tränen.

„Ach, wer weiß, wie schnell ihr euch wiederseht“, machte Roger ihr Mut. „Mit etwas Glück sind wir schon morgen in Thailand.“

Er wollte noch mehr sagen, aber in dem Augenblick fing Arthur wieder an zu schreien.

„Siehst du, er schreit vor Hunger“, sagte Ben.

Rana nahm den kleinen Kerl auf den Arm und wiegte ihn sachte hin und her, aber es half nicht.

„Was für eine kräftige Stimme!“, sagte das Mädchen. „Und was für ein liebes Gesicht dieser nette Knirps hat!“

„Nett ist er, solange er nicht schreit“, meinte Ben.

„Stell dir vor, du hättest einige Stunden lang nichts gegessen", kam Roger dem kleinen Passagier zur Hilfe. „Arthur braucht dringend etwas."

„Ich glaube nicht, dass er so laut heult, weil er Milch haben will", meinte Rana.

„Warum dann?"

„Ja, riecht ihr denn nichts? Habt ihr noch nie etwas davon gehört, dass ein Baby auch mal sauber gemacht werden will?"

„Oha, eine volle Windel!", murmelte Ben verdrießlich.

„Oh nein, daran haben wir überhaupt nicht gedacht",

stotterte Roger. Die Jungen sahen sich an und mussten lachen.

„Rana, du bist wirklich im richtigen Augenblick gekommen", sagte Roger schließlich. „Wir hätten ja noch nicht einmal gewusst, wie man so ein Baby wickeln muss."

„Ja", nickte Ben. „Das hätten wir nicht geschafft."

„Gut, dann kümmere ich mich jetzt um eine saubere Windel", lachte Rana. „Und ihr seht euch mal ein bisschen um, ob ihr Milch finden könnt; vielleicht findet ihr irgendwo ein Häuschen. Hier in der Gegend müssen doch Menschen leben."

6. Ein beängstigendes Abenteuer

Im Laufe des Vormittags machten Roger und Ben eine Entdeckung, die sie sehr erleichterte. Sie hatten festgestellt, dass beide Ufer des Flusses hier noch fest in den Händen der eigenen Armee waren. Überall waren Gruppen von Soldaten und Wachtposten unterwegs. Das bedeutete, dass sie ihre Fahrt sofort wieder aufnehmen konnten. Bei Tageslicht war das natürlich viel einfacher, und mit ein bisschen Glück würden sie noch vor Einsetzen der Dunkelheit in Tirhana sein.

Und so glitt die Perle weiter Richtung Thailand. Die Jungen manövrierten das Boot mit ihren langen Stöcken und Rana hatte mit Arthur auf dem Arm auf der glänzenden Blätterschicht Platz genommen. Wunderbar schnell verlief die Fahrt nun, wo sie mitten auf dem Wasser fahren konnten und keine Gefahren zu befürchten hatten.

In einem der Dörfer legten sie mit der Perle an, um dort nach Milch Ausschau zu halten. Im Moment war Arthur durch das Schaukeln des Bootes und die Lieder von Rana noch zufrieden, aber das konnte sich jeden Augenblick ändern. Jederzeit konnte er wieder anfangen zu schreien. Um das auf jeden Fall zu verhindern, gingen die Jungen in einen kleinen Laden, um dort nach Milch zu fragen. Aber Milch gab es hier nicht. Das Einzige, was verkauft wurde, war Milchpulver.

Ben und Roger gingen also wieder zurück zum Boot, um Rana zu fragen, ob sie auch Milchpulver nehmen könnten.

Daraus könne sie einen schönen Brei machen, sagte Rana. Einmal könne man da eine Ausnahme machen. Es ging ja darum, dass Arthur fürs Erste etwas in den Magen bekam. In Tirhana würden sie dann sicher wieder an Milch kommen. Also gut, Milchpulver wäre in Ordnung.

„Aber wie willst du denn bezahlen, Roger?", fragte Ben. „Hast du etwa Geld bei dir?"

„Nein, leider nicht", sagte Roger unsicher. „Ich habe keinen einzigen Cent in der Tasche."

„Dann nehmt doch etwas zum Tauschen mit", schlug Rana vor. „So haben wir das auch immer gemacht, wenn wir kein Geld hatten."

„Etwas von unserer Ladung?", fragte Roger nachdenklich.

„Ja klar!", sagte Ben. „Was glaubst du denn, was Schwester Selma getan hätte, wenn es um Milch für ein Baby ging?"

„Du hast recht", sah Roger ein. „Sie hätte auch ganz sicher irgendetwas eingetauscht."

Er entschied sich für einen Ventilator, und gemeinsam mit Ben ging er damit zurück in den kleinen Laden.

Auf der Ladentheke lagen nur noch drei Tütchen Milchpulver. Die Jungen beschlossen, alle drei Beutel zu kaufen. Als Roger mit dem fast neuen Ventilator bezahlen wollte, sah ihn der Ladenbesitzer argwöhnisch an.

„Woher habt ihr den?", fragte er misstrauisch. „Habt ihr etwa in den Dörfern geplündert?"

„Natürlich nicht!", rief Roger entrüstet. „So etwas tun wir nicht. Wollen Sie den Ventilator nun nehmen oder sollen wir in einen anderen Laden gehen?"

„Nein, ist ja schon gut. Gib' her!", sagte der Mann, aber man konnte ihm ansehen, dass er diesem kleinen Handel nicht so richtig traute.

Als Ben und Roger schnell mit ihrem Milchpulver zur Perle zurückliefen, folgte der Ladenbesitzer ihnen bis zur Anlegestelle, wo er einen misstrauischen Blick auf das Boot warf. Als er die Schicht aus Blättern sah, nickte er, als ob er sagen wollte: Hatte ich also recht! Darunter haben sie

Diebesgut versteckt.

So schnell sie konnten, stießen die Jungen das Boot von der Anlegestelle ab, um ihre Fahrt fortzusetzen.

„Das hätten wir geschafft", ächzte Ben, als das Dorf schon ein gutes Stück hinter ihnen lag.

„Ich dachte, der Mann ruft jetzt sofort die Polizei", sag-

te Roger. „Und wir können ja auch noch nicht einmal beweisen, dass wir ehrliche Absichten haben. Wenn unsere Ladung entdeckt wird, landen wir direkt hinter Gittern."

„Da haben wir großes Glück gehabt, dass er uns hat laufen lassen!"

„Uns laufen lassen? Noch hat er uns nicht laufen lassen", stotterte Roger. „Sieh' mal, wer da kommt."

Ben sah sich um und wurde kreidebleich. Ein Motorboot mit drei Männern näherte sich von hinten mit großer Geschwindigkeit. Am Bug stand der Inhaber des Ladens.

„Anhalten! Sofort!", rief der Mann wild gestikulierend.

„Ben, wir müssen verschwinden", keuchte Roger.

„Verschwinden? Ja, wie denn? Mit dem Motorboot holen die uns doch sofort ein."

„Anhalten, ihr gemeinen Diebe!", brüllte der Ladenbesitzer.

„Schnell ans Ufer!", wies Roger Ben an. „Unter den Luftwurzeln können sie uns nicht verfolgen."

„Ja, schnell Kurs nach rechts", schrie Ben.

Die Jungen bugsierten die Perle zum Ufer hin.

„Wenn sie Arthur nur nichts tun!", sagte Rana unruhig und drückte das Baby fest an sich.

„Wenn ihr nicht sofort anhaltet, fahren wir euren Kahn in Stücke!", kam die Drohung von hinten. Mit beängstigender Geschwindigkeit kam das Motorboot immer näher.

Die Freunde stellten sich taub und steuerten die Perle unter die gewundenen Luftwurzeln.

„Sieht so aus, als hättet ihr Angst vor uns", rief der Inhaber des Ladens nun plötzlich mit zuckersüßer Stimme. „Kommt jetzt einfach heraus und gebt uns eure Ladung. Dann könnt ihr ungestört weiterfahren."

„Ausgerechnet der muss von Dieben reden", brummte Ben. „Der Mann ist selbst ein Dieb. Es geht ihm doch nur um die Sachen in unserem Boot."

„Sie sind jetzt schon ganz nah", keuchte Roger. „Das schaffen wir niemals.

Sollen wir ihnen die Ladung lieber überlassen?", fragte Ben. Still schickte er ein Stoßgebet zum Himmel.

„Die werden uns auch das Boot wegnehmen", widersprach Roger aufgebracht.

„Ihr kommt jetzt sofort da raus", drohte einer der Männer in dem Motorboot. „Wenn ihr nicht gehorcht, werfen wir euch den Krokodilen zum Fraß vor."

In dem Augenblick geschah etwas, womit niemand gerechnet hatte. Aus dem Gestrüpp kamen an die zehn Soldaten zum Vorschein. Mit dem Gewehr im Anschlag liefen sie zu dem Uferabschnitt, an dem das Motorboot entlangfuhr.

„Wir nehmen Ihr Boot in Beschlag", rief der Kommandant den Männern zu. „Kommen Sie augenblicklich ans Ufer!"

„Ja, aber wir sind Dieben auf der Spur", antwortete der Besitzer des Ladens mit jämmerlicher Stimme. „Sehen Sie, da unter den hohen Bäumen sind sie!"

„Das interessiert uns überhaupt nicht. Auf der anderen Seite wird dringend Hilfe benötigt. Wir müssen auf der Stelle den Fluss überqueren."

Noch zögerten die Männer in dem Motorboot.

„Ich gebe Ihnen noch drei Sekunden", rief der Kommandant mit schneidender Stimme, während er sein Gewehr anlegte.

„Nein, nein, ist ja schon gut!", beeilte sich der mittlerweile eingeschüchterte Ladeninhaber zu sagen. Gehorsam steuerte er das Motorboot ans Ufer und stieg mit seinen Freunden aus. Kaum waren die Männer ausgestiegen, da sprangen die Soldaten in das Motorboot und rasten mit hoher Geschwindigkeit über den Fluss. Der Ladenbesitzer und seine Freunde schäumten vor Wut. Das Boot mit der kostbaren Ladung war ihnen durch die Lappen gegangen, das eigene Motorboot waren sie erst einmal los und den ganzen Weg zurück ins Dorf durch unwegsames Waldgebiet mussten sie zu Fuß gehen.

Die Jungen waren noch viel zu aufgeregt, als dass sie sich hätten freuen können.

„Was wird uns denn noch alles auf dieser Reise blühen?", stöhnte Roger. „Haben wir überhaupt eine Chance, mit der Überraschung für Schwester Selma in Tirhana anzukommen?"

„Gott hat uns auf der Fahrt schon so oft geholfen! Immer wieder hat er die Gefahr im letzten Moment abgewendet", gab Ben zu bedenken. „Wir wollen ihm danke sagen und ihm weiter vertrauen."

„Okay." Roger nickte ein wenig getröstet.

„Gott ist bei uns", sagte Ben überzeugt.

„Roger, kannst du mir jetzt mal die Feldflasche mit dem Wasser geben?", unterbrach Rana ihr Gespräch. „Arthur muss unbedingt etwas trinken."

„Na klar, das hätte ich fast vergessen", antwortete Roger schnell. Er kramte ein Tütchen Milchpulver hervor und die Feldflasche, die er vorhin unterwegs bei einem Haus gefüllt hatte.

Unwillkürlich musste er immer wieder einen Blick auf Rana werfen. Er bewunderte das Mädchen sehr. Sie war so ruhig, packte einfach mit zu, wo es nötig war. Man konnte spüren, dass sie schon oft in ihrem Leben in Gefahr gewesen war und Gottes Hilfe erlebt hatte.

7. Aufregende Stunden

„Sollen wir nicht lieber ans Ufer fahren und da abwarten bis es dunkel wird?", fragte Ben, der immer wieder prüfend über das Ufer blickte.

„Ach, du glaubst doch nicht etwa, dass wir in Gefahr sind?“, fragte Roger sorglos.

„Keine Ahnung. Aber überall ist es so merkwürdig still, und ich sehe nirgendwo mehr Soldaten von unserer eigenen Armee.“

„Aber es ist nun wirklich nicht mehr weit bis zur Grenze. Ich erkenne diese Gegend ganz gut wieder. Bis Thailand brauchen wir doch höchstens noch eine halbe Stunde.“

„Na gut, dann fahren wir eben weiter.“

Zwar gab Ben sich geschlagen, aber es kam nicht von Herzen. Nervös blickte er sich immer wieder um.

Plötzlich war ein Motorengeräusch von rechts zu hören; ein Boot kam schnell auf sie zu.

Die Jungen waren so überrascht, dass sie ihre Stöcke ins Wasser fallen ließen. Das Motorboot gehörte zur feindlichen Armee.

Und dann kam noch ein Motorboot auf sie zu und dann noch eines. Von allen Seiten wurden sie eingekesselt. Ein Offizier stieg in ihr Boot und betrachtete die Fracht der Perle. Nachdem er festgestellt hatte, dass es sich um eine wertvolle Ladung handelte, ließ er die drei jungen Leute festnehmen.

Die Perle wurde ans Ufer geschleppt und dort festgesetzt. Es dauerte nur eine Viertelstunde bis alle Schätze aus der Missionsstation Pella auf einen großen Lastwagen umgeladen waren. Die Kinder mussten hinten auf der Ladefläche bei den Kisten und Paketen sitzen, gefesselt an Händen und Füßen.

Da saß schon ein Mann, dessen Hände und Füße auch gefesselt waren. Offensichtlich war er der Eigentümer des

Wagens. An diesem Morgen, als er wie immer mit einer Ladung Holz unterwegs zu einem Sägewerk war, hatten Soldaten seinen Lastwagen beschlagnahmt und ihn festgenommen. Das Holz hatten sie einfach irgendwo unterwegs hinausgeworfen. Schon seit Stunden saß der Mann ungeschützt in der brennenden Sonne.

Glücklicherweise wurde der Lastwagen nun endlich im Schatten einiger Bäume untergestellt. Sie befanden sich jetzt in der Nähe einer Lichtung im Wald, wohin noch mehr gestohlene Autos gebracht wurden. Die Kinder saßen schweigend auf der harten Ladefläche. Sie konnten nicht begreifen, dass nun alles umsonst gewesen sein sollte. Vor allem für Roger war es entsetzlich traurig. Er hatte doch schon fest damit gerechnet, sicher in Tirhana anzukommen. Und nun war alles vorbei. Er würde sich für seine Fehler bei Schwester Selma nicht entschuldigen können. Die Überraschung, die für sie bestimmt gewesen war, hatten sich Männer unter den Nagel gerissen, die ganz bestimmt niemals etwas davon zurückgeben würden. Dabei war das eigentlich noch nicht einmal das Schlimmste. Roger dachte an Rana und Arthur, an Ben und an sich selbst. Niemand wusste, was noch auf sie zukommen würde ...

„Oh, mein Gott", betete er im Stillen. „Warum hast du das zugelassen? Du hättest uns doch sicher nach Thailand kommen lassen können. In der Bibel gibt es so viele Geschichten über Menschen, die durch dich gerettet wurden. Und auch uns hast du bis hierher schon viele Male geholfen. Aber jetzt sind wir Gefangene. Bitte beschütze uns überall, wohin sie uns auch bringen. Vergiss uns nicht eine Minute lang. In Jesu Namen. Amen."

Stunde um Stunde verging. Es wurde dunkel. Immer noch stand das Auto am Rand des Waldes. Worauf warteten die Soldaten denn nur so lange?

Und dann begann Arthur wieder mit seinem Geschrei, das den Kindern in den Ohren wehtat.

„Wo liegt denn das Baby eigentlich?", fragte ihr Mitgefangener.

„Da an der Seite, in der großen Kiste", antwortete Rana. „Die Soldaten haben den Kleinen auf einen Stapel Handtücher gelegt. Ich hoffe nur, dass ihm nichts passiert, wenn der Wagen anfährt."

Arthur brüllte dermaßen laut – es war wirklich zum Verzweifeln. Und ihre Ohren konnten sich die Gefangenen ja nicht zuhalten, weil ihre Hände auf dem Rücken gefesselt waren.

Der Soldat, der im Führerhaus Wache hielt, stieg aus und leuchtete Rana mit der Taschenlampe ins Gesicht.

Ängstlich blinzelte das Mädchen den Soldaten an.

„Sorg' dafür, dass das Baby mit dem Geschrei aufhört", bellte der Mann. „Niemand darf mitkriegen, dass wir hier sind."

„Ich kann doch nichts daran ändern, dass er heult", antwortete Rana. „Sie wissen doch ganz genau, dass meine Hände gefesselt sind."

„Musst du ihn denn auf den Arm nehmen?"

„Ja, ich muss ihn wiegen. Das wird ihn schnell beruhigen."

Der Soldat sprang auf die Ladefläche und schnitt Ranas Fesseln durch.

„Mitkommen!", winkte er mit seiner Taschenlampe. „Ab mit dir und dem Baby in das Führerhaus!"

Steif wie ein Brett ging Rana hinter dem Mann her und setzte sich neben ihn; Arthur hielt sie in ihren Armen. Durch das sachte Wiegen konnte sie ihn glücklicherweise sehr schnell wieder zum Schlafen bringen.

„Pass' bloß auf, dass er nicht wieder damit anfängt!", sagte der Soldat drohend. „Und versuche ja nicht abzuhauen, sonst ..." Mit böse funkelnden Augen zeigte er auf seinen Revolver.

Vor lauter Angst gab Rana ihm keine Antwort. Sie hoffte sehr, dass Arthur sich nicht rühren würde.

Die Warterei nahm kein Ende.

Mürrisch starrte der Soldat vor sich hin. Ab und zu sah er leise schimpfend auf seine Uhr, dann wieder trat er gegen das Gaspedal. Schließlich öffnete er eine flache Schachtel, aus der er eine selbstgedrehte Zigarette nahm. Aufmerksam blickte er über das dunkle Gelände, um sicher zu sein, dass ihn niemand sah. Und dann zündete er die Zigarette an. Durch das Führerhaus schwebte eine Wolke aus beißendem blauem Rauch, die Rana zum Husten brachte.

Etwas davon kam natürlich auch bei Arthur an und kitzelte ihn in der Nase.

„Hatschi!" Das Baby war plötzlich hellwach. Nun brannte der Qualm auch in seinen Augen. Er nieste noch einmal und begann dann laut gegen den störenden Rauch zu protestieren.

„Er soll sofort still sein!", zischte der Soldat. „Du kümmerst' dich darum, dass er auf der Stelle leise ist!"

Rana wiegte Arthur hin und her, aber es half nicht.

„Schreit er, weil ihn der Rauch stört?"

„Ja, das wird wohl der Grund sein."

„Aha, soll das etwa heißen, dass ich meine Zigarette ausmachen muss?"

„Wenn Sie es nicht tun, wird er wohl nie aufhören."

Der Soldat seufzte verärgert, machte dann aber seine Zigarette aus. Kurz darauf schlief Arthur auch wieder ein.

Nach einer guten halben Stunde wurde Rana immer müder. Ab und zu fielen ihr die Augen einfach zu. Der Soldat nahm die Zigarette wieder in die Hand und spielte mit der Streichholzschachtel. Wie furchtbar, wenn man nicht einmal ein paar Stunden auf das Rauchen verzichten kann, dachte Rana. Ich werde später auf gar keinen Fall rauchen. Dann habe ich damit wenigstens kein Problem.

Der Soldat warf einen Blick auf Arthur.

„Schläft er tief und fest?", fragte er vorsichtig. „Ich meine: Wird er wieder wach, wenn ich die Zigarette jetzt anzünde?"

„Mit Sicherheit wird er dann wach", sagte Rana. „Der Rauch beißt in seinen Augen."

„Das ist ja ganz toll!", grummelte der Soldat. „Warum muss denn ausgerechnet ich dieses Baby in meinem Auto haben?"

Und mit einem Mal sah er noch unzufriedener aus.

„Soll ich dir mal etwas sagen?", rief er ärgerlich. „Der Kleine hat die Windeln voll. Und ich muss daneben sitzen! Ihm hat der Rauch von meiner Zigarette nicht gepasst, aber mir passt sein Gestank hier auch überhaupt nicht."

Schnell wollte er die Autoscheibe nach unten kurbeln, aber sie ließ sich nicht öffnen.

Vor lauter Wut hätte der Soldat am liebsten in seine Zigarette gebissen.

Rana wurde wieder sehr müde. Ihre Augen fielen ihr zu und sie schlief fest. Zumindest glaubte das der Soldat, aber insgeheim brütete Rana einen hervorragenden Plan aus. Ach, wenn der doch nur gelingen würde ... Wenn Gott ihr doch nur helfen würde, die Freunde zu retten!

„Schläfst du?", fragte der Mann ganz dicht an ihrem Ohr. „Hallo, schläfst du?"

Rana tat, als ob sie nichts gehört hätte.

„Schläfst du?", fragte der Soldat noch einmal, aber Rana atmete einfach nur ruhig und gleichmäßig weiter. Da öffnete er ganz vorsichtig die Fahrertür und glitt nach draußen. Leise schloss er die Tür wieder. Kurz darauf sah Rana ihn zum Ende der Lichtung gehen, wo etliche orangene Punkte glühten.

Aha, da waren noch mehr rauchende Soldaten. Und ihr Fahrer wollte ein Schwätzchen mit ihnen halten. Besser ging es ja nicht! Dann war jetzt der Augenblick gekommen, auf den sie gewartet hatte. Langsam und sehr vorsichtig legte sie Arthur auf den Sitz, nahm ein scharfes Messer aus dem Handschuhfach, öffnete die Tür des Führerhauses auf ihrer Seite und rutschte geräuschlos auf den Boden. Schnell wie ein Wiesel lief sie zur Rückseite des Wagens, wo die Gefangenen saßen.

8. Die Verfolgung

Rana hatte die Rückseite des Wagens erreicht. Geräuchlos

und leicht wie eine Feder sprang sie auf die Ladefläche. Dann kroch sie auf Händen und Füßen zu dem Mann, der bei Ben und Roger saß. Als der Mann begriff, was Rana vorhatte, hielt er ihr seine gefesselten Hände hin. Blitzschnell waren die Fesseln mit dem scharfen Messer durchschnitten. Auch die an seinen Füßen hatte Rana schnell durchtrennt. Während der Mann, der Wang Tse Lin hieß, sich die Armgelenke rieb, schnitt Rana in Windeseile auch die Fesseln der Jungen durch.

Nur einen Augenblick später schlichen die vier entlang der sicheren Seite des Wagens zu der Tür, die Rana einen Spalt breit offen gelassen hatte. Obwohl das Führerhaus ziemlich groß war, saßen sie nun doch sehr eng beieinander. Aber das war ihnen völlig egal, wo sie doch nun frei waren. Rana drückte Arthur mit zitternden Händen an sich. Hoffentlich würde er nicht anfangen zu weinen.

Mit lautem Brummen sprang der Motor an. Wie gut, dass Herr Wang in seinem eigenen Wagen saß. Er wusste genau, was zu tun war. Dennoch war den Kindern klar, dass sie noch in großer Gefahr schwebten. So ein schwerfälliger Lastwagen brauchte eine ganze Weile, um auf Touren zu kommen. Erst recht in diesem unwegsamen Gelände.

Die Soldaten hatten die Flucht natürlich sofort bemerkt. Schreiend und schießend rannten sie hinter dem Fluchtwagen her. Eine der Kugeln schlug ein Loch in das Dach des Führerhauses, aber zum Glück wurde niemand getroffen. Am Ende der Lichtung kamen sie auf eine richtige Straße. Ab da konnten sie wenigstens schnell fahren. Nachdem Herr Wang die Straße endlich erreicht hatte, drückte er das Gaspedal durch. Niemand in dem Führerhaus sprach ein

Wort. Alle vier starrten angestrengt durch die Fenster nach draußen. Würde der Feind sie noch einholen? Würden sie die Grenze rechtzeitig erreichen?

Ben setzte sich gerade hin und blinzelte durch das Rückfenster des Autos. Das war zwar staubig, aber die Straße konnte er trotzdem gut erkennen.

„Sind sie hinter uns her?", fragte Herr Wang angespannt.

„Ich kann es nicht sehen", antwortete Ben. „Der Mond hat sich hinter den Bäumen versteckt."

Einen Augenblick war es ganz still. Dann sagte er: „Ja, doch, da sind ein paar Autos. Zwei, nein drei. Ich kann sie da in der Kurve sehen."

Herr Wang drückte das Gaspedal bis zum Anschlag durch. Er knirschte mit den Zähnen, Schweiß lief ihm über die Stirn.

„Wir schaffen es nicht. Sie holen uns ein", rief Ben verzweifelt.

„Haltet euch alle mal sehr gut fest", befahl Herr Wang. „Jetzt hängen wir sie ab!"

Einen Augenblick lang fuhr er noch ganz normal weiter. Dann aber quietschten die Bremsen und er lenkte den Wagen in eine scharfe Rechtskurve. Gut, dass er die Kinder vorher gewarnt hatte. Viel hätte nicht gefehlt, dann wäre Arthur aus Ranas Armen geflogen.

Der Wagen fuhr nun auf einer schmalen Straße, die sehr kurvenreich durch den Wald führte. An beiden Seiten schlugen die Zweige laut gegen das Führerhaus.

„Sieht so aus, als ob Sie diesen Weg sehr gut kennen", meinte Roger.

„Niemand sonst kennt sich hier so gut aus wie ich."

„Aber wir werden immer noch verfolgt", meldete Ben.

„Ihr müsst euch noch einmal gut festhalten", warnte Herr Wang. „Und diesmal wirklich ganz besonders gut!"

Für einen Augenblick hielt der schwere Wagen an, dann gab der Fahrer Vollgas und der Wagen schoss durch dich-

tes Gestrüpp. Scheppernd und brummend fuhren sie über einen Hügel, dann durch ein tiefes Tal und schließlich einen steilen Hang hinauf. Eine Weile holperte der Lastwagen wackelnd wie eine Ente über den hohen Bergkamm und dann erreichten sie ein weites Feld, das übersät war mit großen Steinen. Was war dieser Herr Wang für ein toller Fahrer! So etwas hatten die Jungen noch nie in ihrem Leben erlebt. Was für ein Glück, dass gerade Vollmond war! In einer dunklen Nacht wäre diese Fahrt überhaupt nicht denkbar gewesen.

Ben blinzelte noch immer durch die Rückscheibe, aber von den Verfolgern war niemand mehr in Sicht.

„Wir haben sie abgehängt!", sagte er erleichtert.

„Ihr braucht auch keine Angst mehr zu haben; die seht ihr vorläufig nicht wieder", sagte Herr Wang, der sich mittlerweile auch ein bisschen entspannt hatte. Mit einem Seufzer wischte er sich den Schweiß von der Stirn.

„Das war eine gefährliche Fahrt", schnaufte Roger.

„Noch viel gefährlicher, als ihr glaubt", nickte Herr Wang. „Wenn die im Wald gerade geschossen hätten ... Naja, zum Glück haben sie es ja nicht getan."

„Sind wir nun ganz sicher vor denen?", fragte Rana. Sie hielt Arthur immer noch ganz fest an sich gedrückt.

„Wir sind jetzt absolut sicher", bestätigt Herr Wang froh. „Ich kenne diesen Weg durch den Urwald noch von früher. Aber jeder andere Fahrer, der sich hier nicht auskennt, bleibt hoffnungslos stecken."

Jetzt fühlten die Kinder, wie sich ihre Sorgen in Luft auflösten. Sie lachten wieder und machten Witze, während das Auto weiter über die unebene Straße zockelte. Gott hatte sie tatsächlich bewahrt und in Sicherheit gebracht!

„Macht Arthur das Schaukeln und Ruckeln denn gar nichts aus?", fragte Roger Rana.

„Überhaupt nicht. Das gefällt ihm sogar sehr", grinste Rana. „Sieh ihn dir an: Er kräht vor Freude."

Das stimmte. Sobald das Auto erneut zu ruckeln begann, gluckste er vor Vergnügen. Da mussten die anderen dann auch automatisch lachen.

„Ich glaube fast, dass er sich darüber freut, wie wir die Soldaten an der Nase herumgeführt haben", kicherte Ben.

„Ja, er ist ein schlaues Kerlchen", sagte Rana. „Ohne ihn säßen wir jetzt immer noch gefesselt auf dem Parkplatz."

Langsam aber sicher wurde das Feld immer flacher. Nach einem Kilometer kamen sie auf einen asphaltierten Weg.

„Jetzt nur noch die Grenze", murmelte Ben. „Wenn wir die passiert haben, dann ist alles gut."

„Grenze? Welche Grenze?", fragte Herr Wang erstaunt.

„Na, die Grenze zu Thailand natürlich!"

„Warum willst du denn noch einmal über die Grenze fahren?"

„Wieso noch einmal?"

„Tja, weil wir schon seit zehn Minuten in Thailand unterwegs sind. In etwa einer Stunde können wir in Tirhana sein."

Da gab es ein lautes Gejohle. Ohne es zu wissen, waren sie im sicheren Thailand angekommen. Nun konnten sie auch die letzten Sorgen über Bord werfen.

9. War alles umsonst?

Herr Wang hatte geschätzt, dass ihre Fahrt bis Tirhana nur noch eine Stunde dauern würde, aber da hatte er sich geirrt. Auf den großen Straßen waren endlose Konvois unterwegs, und die Armee hatte alle Kreuzungen gesperrt. Daher mussten sie über kleine kurvenreiche Straßen im Landesinneren fahren. Als sie endlich von weitem die Gebäude von Tirhana sahen, war es bereits heller Tag.

Die Kinder waren sehr erleichtert, weil die Gefahren nun wohl endlich ein Ende nehmen würden. Aber noch waren sie ziemlich angespannt. Ob Herr Morley wohl schon mit den Mitarbeiterinnen und Kindern angekommen war? Wenn man sich vorstellte, dass sie vielleicht noch immer nicht da waren und dass man nichts von ihnen gehört hatte ... Wenn Roger und Ben daran dachten, wurden sie ziemlich unruhig.

Am Tor wurden die Reisenden herzlich empfangen von Herrn und Frau Brown, die in Tirhana die Leitung hatten.

Nein, Herr Morley war leider noch nicht mit seinen Leuten eingetroffen. Niemand hatte etwas von ihnen gehört. Voller Sorge betete man in Tirhana für die Gruppe.

Enttäuscht aßen die Kinder ihren Reis mit Gemüse. Obwohl sie schon lange nichts mehr gegessen hatten, schmeckte ihnen das Essen nicht so recht. Aber die Teller waren noch nicht ganz leer, als Herr Brown aufgeregt hereinkam.

„Sie sind im Anmarsch", rief er fröhlich. „Bald sind sie hier. In spätestens einer halben Stunde."

Rana, Ben und Roger sprangen auf und stürmten nach draußen. Am Fuß des Hügels entlang des Waldrandes war eine Menge von Kindern unterwegs. Ihnen folgten die Erwachsenen. Die Gruppe war sehr groß; wahrscheinlich hatten sich unterwegs noch mehr Flüchtlinge angeschlossen.

„Sie kommen! Sie kommen", jubelten Ben und Roger.

Rana hatte Tränen in den Augen. Sie hoffte so sehr, dass ihre Familie mit in der Gruppe wäre.

Plötzlich fiel Rogers Blick auf den Lastwagen von Herrn Wang, der vor dem Hauptgebäude stand, und er musste

an die ganzen Dinge aus Pella denken. Herrn Brown hatte er schon erzählt, dass er Schwester Selma damit überraschen wollte. Da die Gruppe nun schon ganz in der Nähe war, musste alles besonders schnell ausgeladen werden. Herr Brown begriff, was zu tun war.

„Komm' mal mit", winkte er augenzwinkernd. „Sieh' mal, dieses Zimmer haben wir für Schwester Selma freigeräumt. Am besten bringst du alles, was ihr gehört, hierher und richtest das Zimmer so ein, wie es ihr gefallen würde."

Das musste er nicht zweimal sagen. So schnell er konnte, hing Roger die Bilder und Fotos auf. Er stellte die Schreibmaschine und den Ventilator auf den Schreibtisch, daneben legte er die Bibel und die Noten für die Lieder.

Er hängte ihren Morgenmantel auf einen Bügel, stellte den geblümten Papierkorb in eine Ecke und befestigte die chinesischen Fächer an der Wand.

Als alles fertig war, kam Herr Brown wieder in das Zimmer.

„Sehr gute Arbeit", lobte er. „Schwester Selma wird sich wundern –

sie hat überhaupt keine Ahnung. Na, die wird Augen machen. Ich bin schon ganz gespannt."

„Wann werden sie denn hier sein, Herr Brown?", fragte Roger.

„In spätestens zehn Minuten."

„Dann gehe ich jetzt schnell nach draußen. Ich möchte dabei sein, wenn sie ankommen."

Gemeinsam mit Herrn Brown lief Roger auf die Terrasse, wo sich fast alle Bewohner von Tirhana versammelt hatten. Sie hielten Ausschau nach den Flüchtlingen, die dort langsam die Anhöhe hinaufstiegen. Manchmal waren sie gut zu sehen, und dann wieder verschwand die Gruppe für eine Weile hinter Sträuchern oder einer Mauer. Wenn es doch einen Wagen gäbe, um sie abzuholen. Aber Herr Wang war direkt nach dem Ausladen abgefahren und der Transporter von Tirhana war in der Werkstatt.

Roger war sehr aufgeregt. Jetzt, da sie immer näher kamen, überfiel ihn wieder dieses ungute Gefühl. Er stellte sich vor, dass Schwester Selma ihm nicht verzeihen würde. Immer wieder hatte er sie so sehr geärgert ... Roger seufzte laut. Ach, da entdeckte er Herrn Morley und Jonas. Und hinter ihnen ging, mit einem Kind auf dem Arm, Schwester Selma. In dem Augenblick stieß Rana einen Schrei aus und raste den Berg hinunter.

„Sie hat ihre Eltern in der Gruppe entdeckt!", rief Roger.

„Hoffentlich verplappert Rana sich nicht, dass ihr die Sachen von Schwester Selma hierher gebracht habt", meinte Herr Brown.

„Ach was!", beruhigte Roger ihn. „Sie weiß genau Bescheid. Ihr ist klar, dass das eine Überraschung werden soll."

„Willst du dich jetzt nicht lieber verstecken?", schlug Herr Brown vor. „Eigentlich sollte Schwester Selma dich erst entdecken, wenn sie das Zimmer gesehen hat."

„Oh ja, das ist eine gute Idee!", rief Roger begeistert. „Wissen Sie was? Ich verstecke mich in dem leeren Zimmer daneben. Dann kann ich alles hören, was sie sagt."

Roger lief in das Haus, und Herr und Frau Brown gingen in die andere Richtung, der Gruppe entgegen.

Der Junge schloss die Tür hinter sich und setzte sich mit einem etwas mulmigen Gefühl auf einen Stuhl. Jetzt musste er ein bisschen Geduld haben. An dem Trubel in der Ferne konnte er genau hören, was vor sich ging.

Zunächst war es noch ziemlich still, dann aber waren viele Geräusche durcheinander zu hören: fröhliches Rufen, Jubel, das Lachen der Kinder, aber auch laut weinende Menschen. Jetzt war klar: Die Flüchtlinge waren angekommen.

Es dauerte aber wohl noch eine halbe Stunde, bevor Schwester Selma schließlich in das Zimmer ging. Es fiel ihr schwer, die Kinder alleine zu lassen. Eher würde sie vor Erschöpfung zusammenbrechen.

So weit war es glücklicherweise aber nicht gekommen, denn die Browns hatten ein bisschen mit ihr geschimpft und gesagt: „Hier in Tirhana gibt es Mitarbeiterinnen und Leiter genug, die sich um die Kinder kümmern werden. Du, Selma, musst dich jetzt unbedingt ausruhen! Zwei Tage Fußmarsch reichen. Da ist dein Zimmer, da ist dein Bett. Jetzt musst du endlich mal an dich selbst denken."

Ihre Reaktion war ein schwacher Protest, aber dann hatte sie es eingesehen und hinkte mit ihren geschwollenen Füßen in den Raum, der für sie vorgesehen war.

Sie erwartete ein kahles, leeres Zimmerchen, denn sie musste ja ganz von vorne anfangen. Ihr ganzes Hab und Gut hatte sie in Pella zurückgelassen. Sogar der kleine Koffer mit Briefen und Fotos, den sie extra gepackt hatte, war dort geblieben. Wie hatte sie den bloß vergessen können? Wenn sie daran dachte, kamen ihr die Tränen. Sie hatte das Köfferchen doch nur für einen Augenblick auf den Boden gestellt, weil einer von den kleinen, kranken Jungen ständig getragen werden wollte.

Nun ja, sie durfte einfach nicht mehr daran denken, denn sie war sicher in Thailand angekommen, und den Kindern ging es gut. Sie hatte also unzählige Gründe, um dem Herrn dankbar zu sein. Und dennoch ... Tief in ihrem Inneren blieb ein bohrender Schmerz, der sich nicht so einfach in Luft auflöste.

So, das war also das Zimmer. Ach, was für ein Glück, es war kein ungemütliches Kämmerlein. Da hingen zumindest Bilder an der Wand und jemand hatte einen blühenden Zweig auf den kleinen Schrank gestellt. Aber was für ein Zufall! In Pella hatte sie genausoeinen indonesischen Sarong gehabt, dasselbe grünbraune Motiv mit roten Figuren ... Und, nein! Das konnte doch gar nicht wahr sein: An der Wand hingen chinesische Fächer. Genau wie die in Pella. Woher kamen die denn? Das Foto von Jerusalem ... Und noch besser: Da hingen doch tatsächlich die Fotos von Vater und Mutter und von ihrem Elternhaus in Zürich.

Schwester Selma wurde schwindelig. Sie musste sich setzen. Dabei stieß ihr Fuß gegen einen kleinen Koffer. Natürlich erkannte sie augenblicklich, dass es sich um ihren Koffer handelte. Aber das war doch völlig unmöglich! Das konnte doch nicht wahr sein!

War das ein Traum? Nein, sie war hellwach; ein Traum konnte das nicht sein.

Völlig sprachlos sah sie Herrn Brown an, der sie von der Tür aus anstrahlte.

„Gerald", sagte sie zu dem Missionar. „Gerald, als ich vor zwanzig Jahren in dieses Land kam, wusste ich, dass ich mich von allem verabschieden musste, was mir etwas bedeutete. Ein paar Briefe und Fotos – mehr habe ich damals nicht mitgenommen. Die aber wollte ich für den Rest meines Lebens behalten, immer und überall. Bei unserer überstürzten Abreise aus Pella hatte ich alles in einen kleinen Koffer gesteckt, aber in der Eile habe ich ihn stehen lassen. Erst als wir schon im Wald waren, habe ich festgestellt, dass ich den Koffer nicht mitgenommen hatte. Gerald, vielleicht kannst du das nicht verstehen, aber ich war verzweifelt vor Kummer. Immer wieder klagte ich: Warum nur, Herr? Warum nur? Eigentlich wollte ich es gar nicht erzählen, aber letzte Nacht, als alle schliefen, habe ich stundenlang wach gelegen, weil ich so unglücklich darüber war, dass ich die Briefe und Fotos niemals wiedersehen würde. Und jetzt komme ich nach Tirhana und da steht mein kleiner Koffer. Das ist so unglaublich! Als ob Gott mich mit einem Wunder überraschen wollte!" Mit zitternden Händen öffnete sie den Koffer und strich über ein paar vergilbte Briefe. Dann betrachte sie lange und mit glänzenden Augen die Fotos.

„Gott ist gut, Gerald", sagte sie leise. „Gott ist so gut!"

Frau Brown kam von draußen herein und sah eine überglückliche Selma, die Briefe und Fotos in ihren Händen hielt.

„Na, konntest du dich schon von der Überraschung erholen?", fragte sie.

„Nein", seufzte Schwester Selma. „Ich komme aus dem Staunen gar nicht mehr heraus. Ihr seid mir eine Erklärung schuldig; ich habe eine ganze Menge Fragen."

10. Ein unvergesslicher Tag

Bei Selma schien durch das Wunder in ihrem neuen Zimmer plötzlich jede Müdigkeit verflogen zu sein. Sie stand mitten in dem gemütlichen Raum, umgeben von den Dingen, die ihr lieb und teuer waren: ihre Bibel, ihre Briefe,

Gesangbücher und Fotos. Alles war an seinem Platz und sie konnte beim besten Willen nicht begreifen, wie diese Dinge hierhergekommen waren.

„Gerald", sagte sie. „Ich begreife überhaupt nicht, was hier passiert ist. Jetzt erkläre mir doch bitte endlich, wie meine Sachen nach Tirhana gekommen sind."

„Dreimal darfst du raten", antwortete Herr Brown und lachte geheimnisvoll.

„Es kann ja nur so gewesen sein, dass jemand mit einem Hubschrauber nach Pella geflogen ist", sagte Selma nachdenklich. „Aber wer könnte das gewesen sein? Welcher Mensch hat denn eine Ahnung davon, woran mein Herz hängt? Und wer kann denn so genau wissen, wie mein Zimmer eingerichtet war?"

„Es muss also jemand sein, der dich kennt."

„Allerdings! Es kommt nur jemand in Frage, der mich richtig gut kennt."

„Dann rate doch mal!"

„Raten? Tja, Herr Morley und Jonas hätten es tun können, aber sie waren die ganze Zeit mit uns im Urwald."

„Gibt es noch jemanden, der in Frage kommt?"

„Vor lauter Nachdenken brummt mir schon der Schädel."

„Lebte früher nicht einmal jemand in Pella, der Spaß daran hätte, dich zu überraschen?"

„Martin Chausson liegt in einem Krankenhaus in Bangkok. Joop Beemdorp ist auf Urlaub in Holland. Nein, ich komme einfach nicht drauf. Nun verrate es mir doch endlich, Gerald, ich habe wirklich keine Ahnung."

„Gab es da nicht jemanden, der noch etwas gutzumachen hatte? Jemand, der sich früher nicht immer an die Regeln hielt? Eines von den Kindern vielleicht?"

„Ein Kind? Ein Kind ist doch überhaupt nicht in der Lage, diese ganzen Sachen hierher zu bringen."

„Es gibt aber Kinder, die besonders mutig und pfiffig sind. Diese ganzen Dinge, die dir gehören, wurden von einem zwölfjährigen Jungen hierher gebracht. Mit seiner Freundin und seinem Freund ist er von Laos über den Fluss gekommen. Mit seinem kleinen Boot hat er viele gefährliche Situationen durchgestanden, weil er dich so gerne überraschen wollte."

Mit angehaltenem Atem hatte Roger zugehört. Er war sehr glücklich über Selmas Reaktion und natürlich genoss er auch ihr verwirrtes Staunen. Aber jetzt war seiner Meinung nach der richtige Zeitpunkt gekommen, sich zu erkennen zu geben. Sie hatte lange genug im Dunkeln getappt. Zögernd und mit starkem Herzklopfen betrat er das Zimmer.

Als Schwester Selma das hörte, drehte sie sich um. Im gleichen Augenblick schien sie zu erstarren.

Zunächst war sie einfach nur sprachlos, dann schluckte sie und sagte: „Roger ... Du?"

Roger nickte und sah zu Boden.

Ohne auch nur einen Augenblick zu zögern, nahm sie den Jungen in den Arm und drückte ihn fest an sich. „Mein Junge", flüsterte sie mit schwacher Stimme. „Wie kann ich dir jemals danken? Hast du überhaupt eine Vorstellung davon, wie glücklich du mich gemacht hast?"

„Ist denn jetzt alles wieder gut?", fragte Roger nahezu unhörbar. „Sind sie mir nicht mehr böse? Können Sie das von früher nun vergessen?"

„Böse? Ach, ich bin doch schon lange nicht mehr böse auf dich. Als du in das Internat in die Stadt gebracht worden warst, war ich nur böse auf mich selbst. Ich konnte mir nicht verzeihen, dass ich dich weggeschickt hatte. Aber da war es schon zu spät. Die Brüder wollten dich nicht mehr zurückholen, wie sehr ich sie auch darum bat. Weißt du, Roger, du warst wirklich oft schwierig und du hast mir oft Kummer bereitet, aber tief in meinem Herzen habe ich dich sehr gerne gehabt. An dem Tag, an dem Bruder Chung dich im Auto mitnahm, hatte ich gerade eine schwere Kopfschmerz-Attacke. Jeder von uns hat in seinem Leben mal einen Moment, in dem er denkt, dass er es nicht mehr aushalten kann. Aber ich habe immer wieder an dich gedacht. Und ich habe auch für dich gebetet, jeden Abend.

„Ihr Gebet ist erhört worden, Schwester Selma", sagte Roger. „Ich hatte so ein schlechtes Gewissen! Im Internat habe ich viel über alles nachgedacht, was Sie mir beigebracht haben. Über die Sünde und dass man sich bekehren muss. Ich habe Gott alles bekannt und er hat mir vergeben, weil der Herr Jesus auch für mich gestorben ist. Und nun folge ich ihm nach und möchte tun, was ihm gefällt. Aus dem Grund ist es mir auch so wichtig, wieder gutzumachen, was ich Ihnen angetan habe. Ich schäme mich so sehr für das, was ich früher getan habe."

„Roger! Wie mich das freut!" Schwester Selma strahlte über ihr ganzes liebes Gesicht.

Und dann erzählte Roger die ganze Geschichte von der gefährlichen Reise. Atemlos hörte Selma zu. Als er zu Ende erzählt hatte, küsste sie ihn auf beide Wangen.

„Diese Küsse hast du dir verdient, Roger", sagte sie aus tiefstem Herzen. „Niemals hätte ich mir vorstellen können, dass aus diesem ungezogenen Bengel von vor vier Jahren ein so mutiger Kerl werden könnte. Du kannst mir glauben, dass alles von früher vergeben und vergessen ist. Wir fangen heute ganz von vorne an.

Mir ist übrigens unterwegs ganz klar geworden, dass meine Berufung ab sofort in Tirhana liegt. Hier gibt es so viel zu tun mit den vielen verwundeten und kranken Flüchtlingen. Bleibst du auch hier? Wir könnten gut noch einen tüchtigen Helfer gebrauchen. Deinen mutigen Freund natürlich auch. Wo treibt der sich eigentlich herum? Ich habe so viel von ihm gehört, dass ich ihn jetzt gerne kennenlernen würde."

„Ja, wirklich! Ohne Ben hätte ich das alles nicht geschafft. Aber natürlich auch nicht ohne Rana und das Baby."

„Das Baby liegt oben in unserem Zimmer", lächelte Frau Brown. „Unglaublich, was der kleine Mann für ein starke Stimme hat!"

„Davon kann ich Ihnen gleich noch ganz tolle Geschichten erzählen", sagte Roger strahlend. „Aber jetzt möchte ich Schwester Selma gerne erst einmal Ben vorstellen. Wo ist der nur? Seit dem Ausladen der Sachen habe ich ihn nicht mehr gesehen."

„Ja, geh' ihn mal schnell suchen", meinte Herr Brown.

Laut rufend lief Roger durch die Gebäude und Baracken von Tirhana. Aber nirgendwo konnte er seinen Freund entdecken. Nicht in den Schlafbaracken, nicht im Speisesaal, nicht in der kleinen Krankenstation und auch nicht im Garten. Mittlerweile machte Roger sich Sorgen. Ob er etwa mit Herrn Wang mitgefahren war? Ach nein, das wäre doch verrückt. Dann hätte er doch ganz bestimmt etwas gesagt.

Roger hatte gar nicht bemerkt, dass er sich inzwischen auf dem Weg befand, der zum Fluss am Fuße des Hügels führte.

An einer Biegung kamen ihm Rana und ihre Eltern entgegen. Wie glücklich und zufrieden die drei aussahen!

Roger begrüßte sie und unterhielt sich ein bisschen mit

ihnen.

„Wir möchten uns bei euch dafür bedanken, dass ihr euch so gut um Rana gekümmert habt“, sagte Ranas Vater. „Wir sind so froh, dass ihr sie in eurem Boot mitgenommen habt.“

„Und wir sind sehr froh, dass sie uns aus dem Wagen befreit hat“, sagte Roger. „Wenn Rana nicht so mutig gehandelt hätte, wären wir jetzt nicht hier.“

„Ja, diese schöne Geschichte haben wir schon gehört“, erwiderte Ranas Mutter mit leuchtenden Augen. „Wir können uns wirklich über unsere kluge, tüchtigeTochter freuen, nicht wahr?“

„Allerdings“, sagte Roger. „Wir sind auch stolz auf sie.“

„Aber warum rennst du hier so herum? Suchst du jemanden?“, fragte Ranas Vater.

„Ja, Ben, meinem Freund. Der ist einfach verschwunden.“

„Wir haben Ben gesehen, unten am Hügel“, zeigte Rana. „Es sah so aus, als ob er nach irgendetwas suchte.

Er hatte fast keine Zeit mit uns zu sprechen."

„Dann mache ich mich mal schnell auf den Weg", sagte Roger. „Schwester Selma möchte ihn sehen."

„Kannst du uns heute Abend erzählen, wie es mit der Überraschung für Schwester Selma gelaufen ist?", rief Rana ihm hinterher.

„Mach' ich!", versprach Roger. Nun rannte er weiter den Weg entlang. Was suchte Ben hier nur? Er begriff es einfach nicht. Roger kletterte auf eine Mauer und schaute sich um.

Plötzlich hörte er ganz in der Nähe Bens Stimme: „Roger, suchst du mich etwa?"

„Natürlich! Wen sonst?"

Roger sprang von der Mauer, kroch unter einer Reihe von Sträuchern durch und sah dann Ben dort sitzen. Er konnte es kaum glauben: Ben war damit beschäftigt, eine Kuh zu melken ...

„Was wird das denn?", lachte er schallend. „Bist du jetzt Knecht bei einem Bauern geworden?"

„Natürlich nicht! Aber wenn es für dich so wichtig ist, Schwester Selma zu überraschen, dann darf ich doch wohl auch jemanden glücklich machen, oder?"

„Mit Milch?"

„Ja, was dachtest du denn? Du hast doch wohl nicht unseren dritten Mann an Bord vergessen?"

„Du meinst Arthur?"

„Ganz genau! Wegen des Krieges bekommt man in ganz Tirhana nicht einen einzigen Tropfen Milch. Es gibt nur dieses muffige Milchpulver. Darum bin ich herumgelaufen, bis ich eine Kuh gefunden habe. Dann habe ich dem Bauern ein bisschen Geld in die Hand gedrückt, und nun ist mein Eimer beinahe schon voll.“

„Du hast ja recht!“, sagte Roger begeistert. „Arthur braucht seine Milch, die hat er wirklich verdient. Wenn der Eimer gleich voll ist, trage ich ihn den Berg hoch, denn eines ist ja wohl klar: Der wahre Held unserer Geschichte heißt Arthur.“